L'ERUDITION ENJOUE'E,

OU

NOUVELLES SCAVANTES

SATYRIQUES ET GALANTES,

écrite à une Dame Françoise, qui est à Madrid.

Mois de Juin 1703.

Le prix est 8. sols.

A PARIS,

Chês PIERRE RIBOU, proche les Augustins, à la descente du Pont-neuf, à l'Image saint Louis.

M. DCCIII.
Avec Permission.

L'ERUDITION ENJOUE'E,
OU
NOUVELLES SCAVANTES,
SATYRIQUES ET GALANTES.

écrite à une Dame Françoise,
qui est à Madrid.

E ne suis point surprise, Madame, de tout ce que vous m'aprenés de la penetration extrême, & du jugement solide de la Reine d'Espagne. Cette Princesse est née avec des qualités si merveilleuses, qu'on devoit attendre d'elle tout ce que nous en voyons aujourd'huy ; & Madame la Duchesse de Bourgogne nous a accoutumés à comprendre que le sang de Savoye meslé avec le sang de Bourbon, produit des Heroïnes, qui dés l'enfance font aussi favorisées de Minerve que des Graces. Ces Heroïnes

4

charmantes vivront éternellement dans
l'Histoire ; & l'on y verra leurs beaux
noms accompagner les noms fameux des
Louis, des Philippes & des Amede´es,
Je vois avec une joye extrême que ces
Augustes Princesses répandent dans les
lieux qu'elles habitent, une influance favorable, qui y porte les esprits au gout
des bonnes choses, & à celuy des Amusemens agréables.

Je suis ravie de l'inclination que vous
me marqués, que les Dames de Madrid
ont pour le sçavoir: celles avec qui vous
êtes en liaison d'amitié, trouveront en
vous une personne fort propre à les ani-
mer à suivre un penchant si noble, & je
suis persuadée qu'on verra d'heureux effets de vos soins & de leur application.

Cependant pour satisfaire à l'empressement que je vois que vous avez, & que
vous m'écrivès qu'ont aussi ces spirituelles
Dames d'aprendre à quoy l'on s'occupe
icy dans les belles Lettres. Je vais vous
informer de tout ce que je sçay de nouvelles sçavantes : mais aussi ne pouvant
me persuader qu'elles seront entierement
du goût de toutes vos aimables Amies,
ainsi qu'elles seront du vôtre, en faveur

des Dames que les nouveautés de l'empire des Lettres touchent peu, je vous écriray aussi des nouvelles badines & galantes ; cependant comme je sçay bien que les nouvelles sçavantes vous interesseront le plus, je vais commencer par celles de ce caractere.

L'Histoire des Amazones que Monsieur Moreau de Mautour compose s'avance beaucoup ; cette histoire est attenduë de tout le public avec impatience, mais particulierement des Dames qui se persuadent qu'elle renfermera mille choses bien recherchées. L'heureux genie de l'auteur est un bon garand pour leur persuasion: elles croiroient mesme que cet ouvrage pourroit faire honneur à leur sexe, si elles n'avoient point quelque inquietude sur la maniere dont s'expliquera l'auteur au sujet de la médisance que l'histoire grecque fait de Thalestris.

Mais si les Dames sont partagées sur l'honneur qui leur peut revenir de l'histoire des Amazones, il n'y a qu'un sentiment parmi elles sur la gloire dont leur sexe seroit couvert. Si l'on voyoit paroitre au jour une belle traduction du Poëme d'Athenais. Je ne sçay, Madame, si cet

A iij

ouvrage admirable de cette sçavante Imperatrice est de votre connoissance : elle y celebre les conquestes que l'Empereur son époux fit sur les Perses, la reconnoissance qu'elle sentoit pour Theodose le jeune, qui d'une condition obscure où elle estoit née l'avoit élevée sur le Trône Imperial, par la seule consideration de son merite ; cette reconnoissance, dis-je, unie à l'attachement qu'elle avoit pour un tel époux, la porta à consacrer les plus nobles talens de son esprit, au soin d'éterniser la gloire de ce Prince. Cet ouvrage, qui a toujours passé pour un des plus excellens qui ayent esté produits dans le bas Empire, est également sublime & ingenieux. Il est écrit en tres beaux vers Grecs, c'est à-dire autant qu'ils pouvoient l'estre, dans un temps où la Langue Grecque estoit si d'écheuë de son ancienne splendeur. Mais comme toutes les pensées de ce Poëme sont belles, quand il sera rendu en notre Langue, on ne s'embarassera point si la diction n'en estoit pas aussi pure que celle des poësies d'Anacreon ; il suffit qu'il est brillant de pompe & d'invention, & qu'avec cela l'exemple qu'il donne d'une épouse si remplie de

reconnoiſſance & de tendreſſe pour ſon
époux, r'appellera l'idée d'un uſage qu'il
n'eſt pas indifferent de renouveller des
Grecs, puis qu'en noſtre ſiecle il eſt devenu ſi rare.

On fait tous les jours de nouveaux
progrez d'érudition, Meſſieurs de l'Aca-
demie des Médailles, & quelques autres
Illuſtres ſçavans qui leur reſſemblent,
trouvent ſouvent par des Medailles &
par des inſcriptions des éclairciſſemens à
certains morceaux d'hiſtoire qui donnent
un plaiſir infiny à tous ceux qui ſont dans
le gout de ces doctes curioſitez. Mais
pendant que ces celebres Academicieus
font des découvertes ſi utiles à la belle
érudition, certains ſçavans de College
s'amuſent à creuſer des matieres inſipides
& frivoles, qui ne font que deſſeicher
l'eſprit & l'obſcurcir.

Un de ces Meſſieurs a fait une Diſ-
ſertation in-folio toute heriſſée de Grec.
Sçavoir ſi c'eſtoit l'uſage des Dames de
Lacedemone de mettre des colliers à leurs
* Chiens : Un autre Sçavant du même

----

* Les Chiens de Lacedemone paſſoient pour les
plus beaux de la Grece, on vante encor aujourd'hui
dans tout l'Empire Turc les Chiens de Miſitra, qui
eſt l'ancienne Sparte.

caractere a fait un Traité presque aussi ample que cette Dissertation de Chien, sur la découverte de certains noms & de certaines actions qui sont échapez dit-il à l'exactitude des plus fameux historiens: Il se rejouit beaucoup dans ce traité d'avoir trouvé le nom de l'*Esclave* qui chauffoit l'eau des bains de Livie, & s'applaudit encore d'avantage d'avoir découvert comment étoit nommée l'*Affranchie*, qui fardoit Fautisne la jeune; & apprend à son lecteur le nombre des robes dont cette indigne & fastueuse Imperatrice changeoit en une année: Ce rare traité est tout rempli de noms & de faits aussi importans que ceux dont je viens de vous parler; aprés cela jugez combien il doit étre utile & divertissant.

Mais c'est assez vous entretenir de nouvelles Sçavantes, je vais passer à des récits d'un autre caractere: Je croy que vos aimables amies ne seront par fachées d'apprendre une avanture où l'Amour & la Fortune ont fait paroître la force de leur caprice, & qui par les incidens qu'ils ont fait naître, ont donné de l'occupation a un Parlement d'une des plus considerables Province de France.

Une fille née parmi le dernier peuple dans cette Provience, étant partagée d'une beauté assez touchante, eut cependant le déplaisir de voir que cette beauté luy fut inutile dans sa premiere jeunesse; aucun homme d'une condition au dessus de la sienne ne s'avisa d'y faire attention pour l'épouser, & au tres grand regret de cette personne, ses parens qui la voioient presque hors du bel âge, la marierent à un homme de sa sorte qui étoit un Artisan d'un métier des plus vulgaires. Elle suporta sa destinée avec beaucoup d'impatience, la bonne opinion qu'elle avoit de ses charmes, l'avoit persuadée qu'elle étoit digne d'une grande fortune; & elle estoit au desespoir de ce que le rustique amour d'un vil Artisan, & la précipitation de ses parens l'avoient empeschée d'attendre jusqu'aux derniers de ses beaux jours, ce que le sort voudroit faire pour elle.

On peut s'imaginer aisément que plein de ces capricieuses idées, elle avoit beaucoup de mépris & d'aversiõ pour son mari, elle luy en donnoit sans cesse des marques outrageantes, excepté qu'il n'avoit pas à se plaindre d'elle du côté de sa conduite, il avoit toutes sortes de sujets d'en estre mé-

content: Comme il la croïoit d'une beauté
divine, & qu'à ſa maniere il en étoit fort a-
moureux, il ſuporta patiemment pendant
aſſez de tems ſes hauteurs & ſes emporte-
mens; il ſe flatoit même que par ſa douceur
& par ſes ſoins il pouroit la gagner : Mais
aprés quelques années la voiant remplie
pour lui de plus d'aigreur & de haine
que jamais, il lui prit un tel deſeſpoir
qu'il abandonna ſa maiſon & ſon païs,
ſans que perſonne put découvrir ce qu'il
eſtoit devenu : Sa femme ſe conſola ai-
ſement de ſon départ, quoi qu'elle y
perdit beaucoup a un égard : car par ſon
aſſidu travail ce laborieux Artiſan luy
faiſoit mener une vie mille fois plus douce
& plus commode que ſa condition ne le
ſembloit permettre, pendant qu'il ſe plaignoit les choſes les plus neceſſaires. Par
l'abſence de ſon mari, cette ingratte femme
tomba bien toſt dans une dure neceſſité,
& loin d'avoir aucune reſſourſe pour s'en
tirer, malgré la baſſeſſe de ſa condition,
l'enteſtement qu'elle avoit de ſa beauté,
lui faiſoit prendre de ſa perſonne des ſoins
bizares, qu'on ne peut meſme paſſer qu'à
peine aux belles d'un rang diſtingué, &
qui par la dépenſe qu'ils cauſent avance-

rent beaucoup la misere de cette auda-
cieuse imitatrice des femmes de Cour.

Cependant la necessité où elle se trouva, ne lui fit rien faire contre ce qu'elle
devoit à son honneur, quoi qu'elle fut
souvent en bute aux mauvais desseins de
gens qui lui faisoient des offres fort dan-
gereuses pour une femme miserable &
qui s'aime : Mais dans son amour propre
elle ne laissoit par d'avoir de la vertu,
& son orgueil mesme servoit à la lui faire
conserver. Elle s'irritoit contre ceux qui
bornoient tout le pouvoir de ses charmes
à la seule vuë d'en faire une maîtresse à
gages, & elle se croyoit assez de mérite
pour estre capable d'engager un homme
de la premiere qualité du Roiaume, à
la souhaitter pour son épouse : Avec de
pareilles pensées tous les momens elle
desiroit avec ardeur de recevoir un bon
certificat de la mort de son mari ; mais
quelque soin que se donnassent ses parens & ceux de ce malheureux pour a-
voir de ses nouvelles, il leur fut impossi-
ble de découvrir s'il estoit mort ou vivant : Cependant son indigence augmentoit tous les jours, & elle n'étoit pas
d'humeur à s'en tirer par un travail qui

seroit convenu à une femme de sa sorte:
La paresse estoit encore un de ses grands
penchans; mais ce qui lui estoit le plus
sensible, c'est qu'à mesure que sa misere
augmentoit sa beauté diminuoit: Enfin
le temps s'écouloit & elle voioit la flo-
rissante jeunesse l'abandonner, sans qu'il
vint aucun Prince lui offrir sa foi. Elle
estoit preste à tomber dans le dernier
desespoir, lors qu'elle fut connuë d'une
Dame pieuse & liberale, qui craignant
qu'elle ne fit un mauvais usage de ce qui
lui restoit d'agremens, lui fournit gene-
reusement dequoi s'affranchir de la necessité. Son teint & son embonpoint lui
revinrent; mais elle ne put r'appeller sa
jeunesse qui fuioit sans cesse en dépit de
tous ses soins: Malgré la perte d'un ver-
nis qui semble si necessaire aux attraits,
nostre presomptueuse femme d'Artisan,
vit les siens la servir mieux qu'ils n'a-
voient fait dans son bel âge.

Un homme d'un genie fort borné, mais
d'une naissance distinguée; & revestu
d'une charge qui donne un grand lustre
dans le monde, devint passionnement
amoureux de cette belle, du bas ordre,
& comme il apprit que sa conduite avoit

toûjours été fort sage malgré la preſſante miſere où elle avoit eſté reduite ; Il conçeut tant d'eſtime pour elle, qu'il lui propoſa en peu de temps de l'épouſer : Elle receut cette propoſition avec de vifs tranſports de joye ; mais cependant le chagrin de n'avoir point de certitude de la mort de ſon mari l'empeſchoit de s'y livrer entierement : elle fit part de ſon inquietude à ſon amant, qui la calma beaucoup en lui diſant qu'il ne falloit point douter que ce miſerable ne fut mort, puiſque depuis plus de quatre années il n'avoit point donné de ſes nouvelles. Elle lui repreſenta que malgré une apparence ſi bien fondée, on ne voudroit pas les marier qu'il n'y eut ſept ans écoulés depuis l'abſence de ſon mari, ou qu'on ne vit un certificat de ſa mort : Cet amant promit à ſa belle qu'il trouveroit des moyens pour faire lever tous ces obſtacles, & il l'aſſura que dans fort peu de tems, ils ſeroient en liberté de ſe donner la foi : En effet quelques jours aprés il lui aporta un certificat en bonne forme de la mort de ſon mari, ſans s'embaraſſer des voyes par leſquelles il avoit eû un acte qui luy paroiſſoit ſi neceſſaire à leur bon-heur, elle fut ravie de le luy voir entre les mains, & fur la foi du certificat, on fit fans nulle difficulté la celebration d'un mariage qu'ils fouhaïtoient tous deux avec un égal empreffement.

Avant la fin de l'année l'époufe mit une fille au monde, & cette enfant fut l'unique fruit de ce mariage: outre qu'ainfi que je l'ay marqué; la Dame eftoit déja dans un âge affez avancé, elle prit un embonpoint s'y épais qu'on l'affura que cette raifon auroit efté feule capable de l'empefcher de devenir mere d'avantage. La joye, l'embonpoint, la magnifique parure la mirent dans un état fi brillant, qu'elle fut plus belle au deffus de quarante ans, qu'elle ne l'avoit efté a quinze; Son époux qui n'avoit pas plus de fineffe dans l'efprit que fa femme dans la taille, eftoit touché plus que jamais de l'éclat des fes charmes. Cependant quelque peu fpirituel qu'il fut il ne laiffoit pas d'être fouvent bien mortifié des railleries piquantes qu'on ne fe laffoit point de lui faire, fur la bizarerie du choïx qu'une folle prevention pour la beauté lui avoit fait faire: Le mépris qu'on lui temoignoit par tout pour fon époufe lui faifoit acheter un peu cher, le plaisir qu'il prenoit à considerer sa figure : Il est vray que tout son merite consistoit à ce qu'elle avoit d'agremens personnels. Elle n'avoit l'ame ni belle ni bonne, son humeur estoit aussi aigre que chagrine, & avec cela son langage, ses manieres, & le tour de son esprit faisoient souvenir sans cesse de la condition où elle estoit nèe.

Lors que sa fille eut atteint quatorze ans, on s'aperçeut qu'elle avoit plus de beauté que n'en avoit eû sa mere, & sans comparaison plus d'esprit que son pere : il parut mesme qu'elle n'avoit herité aucuns des deffauts ni de l'un ni de l'autre, on lui trouvoit l'esprit brillant, l'humeur agreable & l'ame genereuse : Il est vray qu'elle l'avoit fort passionnée, & qu'on remarqua de bonne heure qu'elle estoit tres vive dans ses desirs, & tres ardente dans ses penchans ; Mais ce qui consoloit de les trouver si agissans en elle, c'est qu'on ne lui en voioit point qui ne fussent tournez du côté de la vertu ; & comme avec ses autres bonnes qualitez, elle estoit fort polie & fort gracieuse ; quand elle fut dans un âge formé, elle eut autant de part dans l'estime publique

que fa mere en avoit eu peu.

Son merite & encore plus fa qualité d'heritiere confiderable, lui attirerent une foule de pretendans· Parmi leur nombre il y avoit le Comte De *** fils du Marquis De ★★ qui l'avoit aimée dés l'enfance, il eftoit fon parent affez proche, fa mere qu'il avoit perdu eftoit coufine germaine du pere de la belle ; & comme ce pere n'avoit ni freres ni fœurs, il regardoit le jeune Comte ainfi qu'il auroit regardé fon propre neveu; & en effet, il auroit efté fon heritier fi la fille n'avoit pas efté au monde. Il deftinoit à cette aimable perfone, ce Comte pour époux, il le cheriffoit, & de plus le Marquis De *** avoit fçeu le gagner en faveur de fon fils: Mais par malheur pour cet amoureux coufin, le choix du pere n'eftoit pas celui de la fille, ainfi que celui qui lui avoit donné la naiffance; Elle eftoit beaucoup frappée des agremens perfonnels, & le jeune Comte n'en avoit aucun, il avoit de la droiture, de l'efprit, de la politeffe; il avoit l'humeur douce & la converfation aifée : Mais il n'y faifoit jamais entrer d'enjoûment, & dans tout fon caractere, il y avoit beau-

coup

coup plus de solide que de brillant : La belle voioit bien qu'il l'aimoit tendrement, & qu'il n'estoit pas indigne d'estime, mais elle ne pouvoit lui pardoner de n'être ni beau ni bien fait ; quoique naturellement elle n'eut que de l'indifference pour lui ; la contrainte qu'elle craignoit que son pere ne lui voulut faire en sa faveur, lui inspira de l'aversion, elle regarda ce malheureux amant comme le sujet odieux qui portoit à tiraniser ses desirs ; & elle resolut secretement de faire en sorte qu'il ne profitat jamais des dispositions favorables que son pere avoit pour lui : ce n'est pas qu'elle fut sensible pour aucun des prétendans qui lui faisoient la Cour, son cœur estoit encore exempt de tendresse ; mais elle s'imaginoit que pour estre heureuse dans un engagement éternel, il faudroit qu'elle en fut prevenuë pour l'époux qu'on lui donneroit : Pleine de ces pensées elle obtint de son pere, qui la cherissoit beaucoup, de grands delais pour son mariage : Il les lui accorda d'autant plus aisement qu'il ne la voyoit preocupée d'aucune passion, & qu'il se persuadoit qu'avec le tems & ses soins empressez, le Comte trouveroit enfin le secret de

B

toucher son cœur : La mere de la belle
apuyoit de tout le credit qu'elle avoit au-
près de son mari le retardement de ce
mariage : Il ne luy plaisoit pas plus qu'à
sa fille : car si cette jeune personne vouloit un époux d'une jolie figure, la Dame
vouloit un gendre dont l'air noble &
grand fit plaisir aux yeux; Mais outre cette
raison, elle en avoit encore d'autres qu'elle
ne disoit pas, elle sçavoit que le pere du
Comte avoit fait diverses plaisanteries
d'elle; Peu de temps aprés qu'elle fut
mariée au sujet de la grossiereté de ses
manieres & de son langage, cela lui a-
voit donné pour ce Marquis une haine
terrible qu'elle avoit fait passer jusqu'à
son fils, quoi qu'il fut fort innocent de
ces railleries, puisqu'il n'estoit qu'un enfant quand elles avoient esté faites; Et que
le Marquis mesme eut gardé depuis un
silence exacte sur le ridicule qu'on re-
marquoit en elle, & eut cherché à effacer
par un procedé plein d'honnesteté & de
politesse; ce qu'il avoit pu dire autrefois
de désobligeant à son égard.

Pendant qu'on reculoit ainsi par diverses veuës le mariage de la belle, sa
vingtiéme années arriva, & elle y fut à

peine entrée que son pere fut attaqué d'une maladie mortelle, avant que d'expirer il déclara à sa femme que le certificat qu'il lui avoit fait voir de la mort de son premier époux estoit une piece fausse & suposée: il ajoutoit qu'il ne ressentoit qu'un mediocre scrupule de cette fausseté, parce qu'effectivement il estoit persuadé que cet homme estoit mort: La Dame s'estoit toûjours bien doutée de la fausseté de cet Acte, mais elle avoit trouvé qu'elle avoit trop d'avantage à estre trompée en cette occasion, pour s'aller donner la peine de démesler la verité; Au contraire s'il en eut esté besoin elle auroit esté plutost de moitié touchant la fausseté du certificat, que de chercher à la faire connoistre.

Enfin, cet Epoux faussaire, par un égarement d'amour, mourut en recommandant à sa femme & à sa fille de luy donner pour gendre celui qu'il s'estoit destiné, qui par la douceur de son esprit & de ses mœurs estoit tout propre à faire le bonheur d'une Epouse. On observa mal les volontés de ce mourant, il ne fut pas plutost dans le tombeau qu'on receut les soins du Comte avec une froideur defesperante. Il avoit toujours mis en ufage tout ce qui fait ordinairement parvenir à eftre aimé; & d'un autre cofté fi on ne luy avoit jamais donné des marques de tendreffes, les égards qu'on avoit eû pour le pere avoient efté caufe qu'on ne luy avoit jamais ofé donner des marques d'averfion, il n'avoit donc garde de s'imaginer qu'il eftoit haï au point qu'il l'eftoit, au contraire comme les amans fe flattent toujours, il efperoit que par fa perfeverance il engageroit la belle à le rendre heureux. D'abord il n'imputa fes extrêmes froideurs qu'au chagrin qu'elle avoit de la mort de fon pere, le refte du monde en jugea differemment, & cela fit revenir fur les rangs quantité de pretendans qui avoient efté écartés par la vifible preference que le pere donnoit à fon parent. Avec fes anciens rivaux, cet Amant maltraité en eut encor un nouveau qui luy fut plus fatal que tous les autres, C'eftoit un jeune Cavalier qu'on n'avoit point veu depuis fon enfance dans la Ville ou la belle faifoit fon fejour; il avoit la taille parfaitement belle, le vifage tres-agréable, l'air noble & impofant : enfin il n'avoit rien dans toute fa perfonne qui ne parut fait pour plaire; mais un exterieur fi gracieux eftoit le feul merite dont il fut partagé. Il avoit l'efprit inquiet, l'ame intereffée le cœur libertin, & le caractere auffi étourdy que plein de prefomption; cependant il cachoit des deffauts fi confiderables fous des dehors polis & des manieres galantes: & quoyque dans fa converfation il entrât un certain enjouëment qui eftoit plus évaporé que fin. Comme le gros du monde ne juge pas toûjours du fel & de la delicateffe de l'efprit, avec tout le difcernement poffible, il ne laiffoit pas d'eftre beaucoup applaudy dans les Compagnies.

Il ne rendit pas longtems des foins à la belle, fans s'appercevoir de l'heureux effet qu'ils produifoient fur fon cœur : & enfin en affés peu de tems elle luy avoüa qu'il avoit vaincu toute fon indifference. Il ne fut point furpris de fa victoire, il la croyoit deuë à fon merite, mais il en eut cependant beaucoup de joye, car fon bien dont il eftoit maiftre, eftoit infiniment inferieur à celuy de la Belle, & n'alloit pas au tiers de celuy du Comte, dont elle m'éprifoit l'amour. Elle donna enfin un rude congé à cet amant paffionné, qui

22

en pensa mourir de douleur, & elle se
preparoit à signer bientost un contract
avec le Cavalier, lors qu'un incident
estrange vint luy donner des affaires qui
troublerent bien le plaisir qu'elle prenoit
aux douceurs de l'Amant, dont elle alloit
se faire un époux.

Un jour que sa mere revenoit de l'E-
glise, on vint luy dire qu'un vieillard
couvert de haillons demandoit à luy parler, pour une affaire, disoit-il, qui estoit
de consequence pour elle Apres quelques
façons pour permettre qu'on le laissa entrer, car elle croyoit follement que cela
sentoit sa femme de qualité, d'estre d'un
abord difficile; apres quelques façons,
dis je, elle l'admit à son Audiance. Quand
il fut devant elle, il ne voulut rien dire
qu'il ne fut seul avec elle dans son cabi-
net, & alors il luy annonça qu'il estoit
Jacques G * * * son mary, qui revenoit
de Constantinople, où il avoit esté vingt-
cinq ans Esclave des Turcs Il ajouta qu'il
y avoit trois jours qu'il l'avoit reconnuë
à l'Eglise, qu'il avoit apris quel avoit esté
son heureux mariage pendant son absence,
mais qu'enfin puisque Dieu luy avoit ôté
son second mary, elle estoit obligée de

reprendre le premier, dont elle avoit causé tous les malheurs par sa haine. La harangue du bon Jacques G * * * car c'estoit effectivement luy, fut fort mal receuë de sa femme ; le commencement du discours de ce vieillard l'avoit d'abord si surprise, qu'elle n'avoit pas eu la force de luy répondre, mais enfin revenant à elle, & considerant attentivement le visage de cet homme, malgré les ravages de la captivité & des ans, elle reconnut ces traits vulgaires qui avoient toujours esté l'objet de son aversion. Alors cette haine dont le malheureux Jacques venoit de parler, se raluma pour luy dans toute sa fureur ; elle fit réflexion avec transport que ce miserable estoit destiné pour estre le fleau éternel de sa vie ! Pleine de l'horreur que luy donnoit cette pensée, quoy qu'elle reconnut Jacques parfaitement, elle le traita mille fois de fourbe & d'insolent, & jura que s'il ne sortoit au plutost de sa presence, elle le feroit arrester par la Justice, qui le puniroit rigoureusement de son imposture, qu'il seroit facile de faire voir, puisqu'elle avoit en main des pieces qui estoient des preuves si autentiques de la mort de son mary. Elle

24

avoit fait tant de bruit par ses clameurs,
qu'elle avoit promptement attiré autour
d'elle sa fille & ses domestiques, qui luy
entendirent faire toutes les menaces qu'on
vient de raporter ; sa fille qui croyoit de
bonne-foy qu'elle avoit eu un certificat
bien veritable de la mort de son premier
mary, remontroit au bon homme Jacques
qu'il ne falloit pas ainsi venir débiter des
impostures aisées à détruire, & luy dit
avec moderation de s'oster de la presence
de sa mere, le pauvre vieillard le fit, ne
pouvant cependant s'empescher de mur-
murer contre le mauvais naturel de sa
femme ; que les années & les graces de
Dieu ne faisoient point, disoit-il, rentrer
en elle mesme, apres avoir esté la cause
de tous les maux qu'il avoit soufferts. Les
discours donloureux de Jacques G....
furent bientost reportés au pere de l'A-
mant congedié, qui prit le dessein de
s'éclaircir, s'ils avoient quelque fonde-
ment. Il fit venir ce bon-homme, le
caressa & l'interrogea avec adresse sur
tout ce qui regardoit sa destinée & sa
femme ; Jacques luy répondit avec tant
de rondeur & de naiveté, que le Marquis
D.... vit bien que ce pauvre artisan
n'impose

n'impofoit point, & il refolut de prendre
fa protection. Outre l'envie de foutenir
le malheureux opprimé, il entroit dans
les fentimens du Marquis, des fentimens
d'intereft & de vengeance ; il eftoit fort
irrité du refus qu'on avoit fait de fon fils,
& voyoit que fi l'on prouvoit que Jacques G . . . . eftoit vivant, le mariage de
fa femme avec fon fecond mary feroit
declaré nul, & par confequent la belle
devenoit un enfant illegitime, dont le
Comte heritoit tous les grands biens. Ce
Comte qui étoit toûjours remply d'amour
pour la belle par une generofité bien rare
dans le cœur d'un amant outragé, fit tous fes
efforts pour detourner fon pere du deffein
où il le voioit, mais fes foins furent inutiles:
Le Marquis le traita d'homme fans cœur,
& dit qu'on feroit bien indigne des pre-
fents de la fortune, fi l'on ne profitoit
pas de fes faveurs, lors qu'en protegeant
la Juftice, elle offroit de fi belles occa-
fions de s'enrichir & de fe vanger. Animé
par de fi puiffantes raifons, il commença
au plûtoft à proceder au nom de Jacques
contre la mere de la belle, pour l'obliger
à le reconnoître pour fon mary, & à
le recevoir comme tel dans fa maifon.

C

Quand cette femme vit le pauvre Artifan apuié par une fi forte protection, elle trembla fur le fuccez qu'auroit fon affaire contre lui ; elle fe repentit bien alors du violent emportement qu'elle luy avoit fait paroître, & eut un terrible regret de n'avoit pas acheté par fes bienfaits le filence de ce bon homme : mais il n'étoit plus tems de reculer, le procez étoit intenté, & le Marquis n'eftoit pas d'humeur à l'abandonner : elle prit donc le parti de continuer à crier vengeance contre l'impofture de Jacques, & reprit courage. Elle mit tous fes amis, ceux de fa fille & ceux du Cavalier en mouvement pour folliciter, & tacha de fe flater qu'avec leur credit elle contrebalanceroit dumoins celui du Marquis & feroit fuccomber Jacques.

On pourfuit le procez avec une chaleur infinie, chacune des parties choifit des Avocats les plus fameux, & cette caufe qui attiroit l'attention de tout le public, occupa le Bareau huit Audiances. Le Chevalier pendant ce temps faifoit toûjours fort l'empreffé pour la belle & follicitoit en fa faveur de tout fon pouvoir; Cette aimable fille lui difoit fans ceffe en

mille manieres differentes, que les allar-
mes qu'elle fentoit pour la perte de fon
rang & de fon bien, lui eſtoient plus
fenfibles par raport à l'amour qu'elle
avoit pour lui, que par raport à elle même:
Elle difoit vrai, quoique neanmois il fut
vrai auſſi que par fon propre intereſt, elle
eſtoit tres touchée d'eſtre ainſi donnée
en ſpectacle au public, dans lequel cette
affaire r'appelloit des ſouvenirs qui n'é-
toient pas aſſurement honorables à ſa
mere.

Le Parlement ou cette cauſe ſe plai-
doit avoit extremement envie que la belle
eut bon droit: Tout le monde eſtoit
touché de ſa beauté & de ſa vertu, avec
cela elle avoit de puiſſantes protections,
cependant l'Avocat de Jacques, qui étoit
auſſi habile qu'honneſte homme, mit ſi
bien le bon droit de ſa partie dans toute
ſon évidence, & fit entendre tant de té-
moins irreprochables qui reconnurent ce
pauvre Artifan; qu'enfin en faveur de
la Juſtice le Parlement fut obligé de
déclarer par un Arreſt autentique que
le bon vieillard eſtoit veritablement Jacques G * * * mari de Jeanne T * * * le
même Arreſt denonça le prétendu certificat

de la mort de Jacques, controuvé & faux;
declara nul le second mariage de ladite
Jeanne T * * * & illegitime la fille qu'elle
avoit eu de ce mariage frauduleux : Pour
toute confolation on adjugeoit à cette
fille infortunée fur les biens de feu fon
pere, une fomme tres mediocre qu'on
nommoit fa legitime ; & l'on ordonnoit
à Jeanne T * * * de retourner inceffa-
ment avec Jacques G * * * fon mari : Cet
Arreft frapa la belle qui eftoit à l'Audiance, comme d'un coup de foudre, elle
s'en retourna chez elle à demi morte, le
Cavalier l'y accompagna prefque auffi
affligé qu'elle : Comme il eftoit fort in-
terreffé il eftoit au defefpoir de fe voir
enlever les grands biens dont la ten-
dreffe de la belle l'alloit mettre en poffeffion.

Cependant le Comte dont le cœur
eftoit entierement livré à l'amour, reffen-
toit une douleur mortelle de l'affliction
qu'il jugeoit qu'avoit fa maîtreffe. Plein
de fa paffion il alla fe jetter aux pieds
de fon pere pour lui demander la grace
d'aller offrir fa foi à cette belle malheu-
reufe, qu'un Arreft venoit de ruiner, pour
la remettre par là en poffeffion de fon

bien, dont il venoit d'estre revestu : Le
Marquis qui avoit de l'humanité, &
qui dans le fond de son cœur plaignoit
le sort de la belle, permit à son fils de
s'aller offrir à elle pour époux : Il étimoit
cette jeune personne & le poids de sa
colere n'estoit jamais tombé que sur sa
mere, qu'il avoit toujours regardée comme indigne de la fortune ou elle avoit
esté élevée. Le Comte ravy du consen-
tement que lui donnoit son pere, courut
chez la belle avec transport. Tous les
gens de cette fille affligée, estoient si cons-
ternés aussi, qu'ils laisserent entrer son cou-
sin dans son apartement sans l'avertir de
sa visite : Elle le vit avec surprise, & le
receut avec froideur ; il commença par
lui marquer la douleur qu'il sentoit de
la sienne, & l'assura qu'il avoit esté bien
éloigné d'avoir eu aucune part aux pour-
suites qu'on avoit fait contre elle, & lui
protesta que toûjours penetré d'amour
pour elle, dans la vuë de reparer le rude
coup qu'elle avoit receu de la fortune, il
venoit lui offrir son cœur & sa foi qui
la remettroit en possession de tous les
biens qu'elle avoit perdus, & encore de
ceux dont il estoit maître : La belle qui

C iij

se flatoit que malgré la triste situation
où elle se trouvoit, l'amour du Cavalier estoit toûjours le mesme, comptoit
avec une entiere persuation qu'aussi tost
que leur affliction seroit un peu calmée
il acheveroit le mariage arresté. Pleine
de cette confiance & aveuglée de tendresse pour le Cavalier; Si un Prince
possesseur d'une Couronne lui étoit venu
offrir sa main, elle ne l'auroit pas acceptée;
Elle n'eut donc garde de ne pas refuser
celle du Comte: elle lui dit fierement,
que les outrages de la fortune n'avoient
pas changé ses sentimens, qu'elle ne
l'avoit jamais aimé & qu'elle ne l'aimoit
point encore, qu'il estoit vrai qu'il luy
avoit toûjours paru digne d'estime, & que
l'action de generosité qu'il faisoit la con-
firmoit dans cette idée, mais que l'estime
ne suffisoit pas pour former le nœud d'un
engagement éternel, puisque bien souvent elle subsistoit avec l'aversion. Le
Comte dit mille choses tendres & tou-
chantes, il voulut faire entendre des raisons, mais à tout cela on ne lui repondit
que des duretez, avec protestation de
rester toûjours inflexible à son égard;
Et ce malheureux amant quitta la belle

livré a un defefpoir plein d'horreur,
Sa mere qui avoit toûjours efté frapée
de la fortune & de l'éclat des richeffes,
n'aprouva point ce qu'elle avoit fait, tant
qu'elle avoit vû de grands biens à fa fille.
Elle eftoit ravie qu'elle prit un époux
d'une jolie figure preferablement à tout
autre ; mais depuis qu'elle voyoit cette
jeune perfonne depouillée de richeffe, elle
fouhaitoit qu'elle preferat l'opulence à
la bonne mine: Elle vouloit donc qu'elle
r'appella le Comte & fe refolut à l'époufer, lui reprefentant qu'elle ne feroit
point heureufe avec le Cavalier, qui
aimoit beaucoup la depenfe & n'avoit
qu'un bien fort mediocre. La belle qui
eftoit enchantée de ce jeune amant n'eut
pas la moindre difpofition à foufcrire aux
defirs de fa mere: Cependant cette mal-
heureufe femme qui craignoit à tous
momens qu'on ne la vint emmener avec
violence pour la remettre au pouvoir
de Jacques G *** fe retira fecretement
de chez elle, dont elle emporta plufieurs
effets confiderables, & fe cacha dans la
maifon d'une amie, voulant voir de cet
azile fecret quel train elle pourroit donner à fes affaires.

Dans des mouvemens si tristes, sa fille ne trouvoit de consolation à ses malheurs que par la tendresse qu'elle sentoit pour le Cavalier : persuadée que l'amour lui faisoit partager toutes ses disgraces, elle comptoit que c'estoit une douce raison qui la devoit engager à les trouver moins ameres : chez beaucoup de femmes rien n'est plus propre à rendre leger le poids des chagrins que les soins d'un amant aimé. Mais la belle fut bien surprise quand elle vit tout d'un coup le sien r'alentir ses empressemens. Dès le troisiéme jour qui suivit la perte de son procez, il ne vint point chez elle, & il avoit accoutumé de ne jamais passer un jour sans lui venir debiter tout ce que l'habitude inspire aux jolis hommes qui veulent plaire. Celui dont nous parlons revint enfin chez la belle aprés avoir esté cinq jours sans y paroître ; il lui dit qu'il avoit été indisposé & ensuite parut rêveur & tout de glace. Elle lui en fit de tendres reproches qu'il receut d'un air de petit-maître & tout à fait offençant ; & comme il entra quelqu'un chez elle, il la quita brusquement ; La belle fut très touchée de son procedé & en versa bien des larmes, mais comme elle avoit pour lui un fatal penchant qui lui faisoit sans cesse donner un tour favorable à toutes ses actions, elle crut que le mauvais état de sa santé avoit esté la seule cause de l'inegalité de son humeur, & s'attendit qu'au premier jour il viendroit lui en demander pardon; Elle se trompa beaucoup, six jours se passerent sans qu'il lui donnât le moindre signe d'attention, & enfin emportée par sa tendresse, quoique naturellement elle eut de la hauteur dans l'ame, elle alloit faire ceder la fierté à l'amour & se preparoit à écrire à son amant un billet fort passionné, lorsqu'on lui vint apprendre que ce jour là mesme il avoit signé un Contract avec une riche veuve qu'il devoit épouser dans quatre jours : La belle fut frapée d'une si vive douleur à cette nouvelle, qu'elle en tomba évanoüye, on la fit revenir avec beaucoup de peine, & quand elle eut recouvré l'usage de ses sens, elle ne versa pas une larme ny ne poussa pas la moindre plainte, mais elle estoit dans un saisissement affreux, qui lui causa une oppression, qui en lui ôtant presque l'usage de la voix, lui ôta aussi la respiration. Elle fut prise d'une fiévre violente, & apres avoir tourné toutes ses pensées du côté du Ciel, elle expira le quatriéme jour de sa maladie. C'estoit justement le mesme jour que son infidelle donnoit à une autre cette foi qu'il lui avoit si solemnellement promise. La riche veuve qu'il épousoit avoit pris du penchant pour lui dés qu'il commença à rendre des soins à la belle, mais quand cette veuve qui n'avoit ni beauté ni jeunesse, les vit bien receus, elle trouva apropos de ne point mettre au jour les sentimens dont elle estoit préocupée, & jugea qu'une fille de qualité jeune, belle & plus riche qu'elle encore, obtiendroit aisément la preference sur elle dans le cœur du Cavalier. Mais dés qu'elle sçeut la perte du procez de la belle toutes ses esperances vinrent à renaître. Elle mit dans ses interests un ami du Cavalier, qui representa à ce jeune ambitieux qu'il perdoit sa fortune & feroit beaucoup de tort à sa reputation, s'il estoit assés impudent pour s'aller follement piquer de constance pour la belle; Il lui fit entendre qu'une opulente veuve avoit une forte passion pour lui, il lui remontra qu'il n'estoit point assez riche pour faire la fortune d'une fille qu'on venoit de dépoüiller de tout son bien, & que par dessus cela la tache honteuse qui terniffoit sa naiffance le terniroit auffi.

Le Cavalier qui eftoit fervilement attaché à l'intereft, eftoit ravi qu'on lui fournit des pretextes pour se dégager d'avec la belle. Mais comme il affectoit de garder des déhors de bien seances & de generofités; il dit qu'il comptoit la perte des biens pour peu de chofe, que du refte il fentoit affez qu'il feroit fort trifte pour luy d'époufer une perfonne dont la naiffance eftoit fi tachée, mais que cependant puifqu'il y eftoit engagé il fe refoudroit à cette amertume par generofité: Comme il parlost abfolument contre fa penfé, il ne chercha qu'une occafion de rompre avec la belle, il le fit fur le leger pretexte que nous avons marqué, & auffi toft il en fit confidence à fon amie, à qui il declara que c'eftoit le bizare caprice de la belle qui feul avoit caufé cette rupture. Cet ami lui parla au moment mefme en faveur de la veuve qui offroit de lui faire donnation de tout fon bien: l'avidité que le Cavalier avoit pour les richeffes lui fit recevoir avec plaifir la proposition de cet engagement, qui coûta la vie à une amante aussi tendre qu'infortunée. Cet ingrat estoit si ravi de se voir maître des biens de la veuve qu'il n'eut que de legers remords du malheur qu'avoit causé la perfidie.

Pour la mere de la belle, desesperée de la mort de sa fille, elle sortit de la maison où elle s'estoit cachée pour se cacher plus secrettement encore dans le fond d'un Convent inconnu à tout le monde, excepté à une seule de ses amies. Là elle veut mener jusqu'au tombeau une vie languissante & obscure, dans laquelle elle ne pourroit pas mesme se soutenir sans le secours des effets dont elle est en possession, entrainant des jours malheureux, elle n'est encore que trop doucement punie de tous les maux que son fol orgueil & son peu de foi ont causés à tant de personnes innocentes.

Le Marquis De * * * qui ne pouvoit cesser d'esperer que la belle reviendroit de son entestement & consentiroit enfin à son alliance, ne faisoit aucune démarche en consequence de l'Arrest qu'il avoit obtenu, & laissoit toutes choses tenant état comme si tout le bien de la belle n'avoit pas esté adjugé à son fils. Ce fils qui idolatroit toûjours cette fiere beauté n'avoit eu garde de s'opposer au repos dont on la laissoit joüir : Enfin le pere & le fils apprirent sa triste destinée.

Le Marquis à beaucoup plaint le sort de cette fille infortunée, son fils lui à donné des torrens de larmes, & ne sent aucune satisfaction de voir son bien augmenté d'un heritage dont l'acquisition lui a coûté tant de douleur : Il n'y a eû que le bon homme Jacques G * * * qui ait profité bien réellement de tant d'evenemens étranges, il ne sera point obligé pour le soutien de sa vie d'essuyer les caprices violens d'une femme orgueilleuse & irritée, il sera affranchi de sa tirannie & à l'abri du besoin : car par un mouvement charitable, le Marquis à assuré à ce pauvre vieillard sa subsistance pour le reste de ses jours.

Voila, Madame, une Histoire qui pourra donner lieu aux reflexions de vos amies de Madrid. Informés-moy je vous prie, de ce qu'en penseront vos charmantes Dames, que je felicite beaucoup sur le goût qu'elles ont pour nostre langue. Je vous l'ai déja dit, & je vous le repete encore, je suis charmée de l'empressement que vous m'aprenez qu'elles ont pour ce qui regarde le sçavoir & les ouvrages d'esprit, & j'espere que leur exemple fera charger les usages ordinaires de beaucoup de femmes dans divers païs du monde, qu'aussi bien en Europe, qu'ailleurs; on en voit un grand nombre qui souvent n'aiment à s'occuper que de ce qui à raport aux amusemens frivoles & à la parure.

Quoi qu'il soit vrai qu'en France les choses soient fort partagées sur ce sujet, je croi cependant qu'à parler sans prevention, nous avons beaucoup plus de femmes qui ont l'esprit droit & éclairé, que nous n'en avons où l'on remarque des travers & de l'ignorance obscure. Depuis vôtre depart il est arrivé dans leurs inclinations des changemens qui sont à leur gloire. On ne voit de tous côtés dans leur sexe que des personnes qui cherchent à éclairer leur esprit & à perfectionner leur raison.

N'allez pas cependant, Madame, outrer vos idées sur ce que je vous dis, & ne vous avisez pas de croire qu'il n'y ait plus en France de coquettes emportées, de joüeuses de profeſſion & de fondatrices de modes bizares, il y a beaucoup de tout cela ; & pardeſſus encore un certain parti de bacchantes, qui ne trouvent de plaiſir qu'à faire un divorce éternel avec la raiſon, & qui ont une ſi forte crainte d'entrevoir quelques unes de ſes lumieres qu'elles les offuſquent ſans ceſſe par les vapeurs du vin, du ratafiat & du pitrepite.

Ne vous imaginez-pas non plus que l'ignorance ſoit entierement bannie des cercles de femmes les mieux choiſies. Puiſque parmi les hommes cette tirannique adverſaire de l'eſprit trouve bien des Sectateurs, comment n'auroit elle pas un puiſſant parti dans un ſexe, à qui l'on ne s'embaraſſe guere de faire comprendre que les liens dont elle reſerve le jugement, ſont quelque fois ſi funeſtes pour la conduite de la vie.

Mais on m'emportent des reflexions qui ont un air de morale, je ne veux point reſter avec vous ſur un ton ſi ſerieux, & j'aime mieux pour vous prouver que l'ignorance n'eſt pas encore exilée, vous raconter quelques traits de ſa façon, qui pourront peut estre vous divertir.

Comme j'estois dernierement chez Madame, la Comtesse de N ★ ★ ★ où il y avoit beaucoup de monde; il y vint une Presidente de Province, qui venoit de rendre visite à la Marquise D * * * qu'on apelle ordinairement dans le monde la Marquise Durectangle. Vous connoissez la passion qu'à cette Marquise pour la Philosophie de Descartes, & vous sçavez comme elle remplit éternellement tous ses discours de ce qu'elle à retenu bien ou mal de cette Philosophie : Quoiqu'il n'y eut que des femmes chez elle pendant tout le tems que la Presidente y fut, elle les entretint sans cesse du Sisteme de Descartes, dont pas une n'avoit la moindre connoissance, & dans ses obscurs raisonnemens, elle repeta cent fois les mots de matiere Subtile & de matiere Canelée. Parmi les femmes qui l'écoutoient, quelqu'unes se moquerent d'elle dans leur ame, & d'autres l'admirent sans l'entendre. La Presidente fut du nombre de ces dernieres; & arriva chez la Comtesse entousiamée de l'esprit de Madame Durectangle. Elle ne put contenir longtemps l'admiration qui la suffo-

quoit

quoit, je viens, dit elle, de quitter la Mar-
quife Durectangle, mon Dieu ! que c'eſt
une excelente perſone: & qu'il y a de plaiſir
à l'entendre parler. Elle nous à entretenuës
une quantité de femmes que nous étions,
des plus belles choſes qui ayent jamais
eſté dites. La Comteſſe, qui à infiniment
de l'eſprit, & qui connoît le caractere
de la Marquiſe, fut bien aiſe de faire parler
la Preſidente, Madame Durectangle,
dit-elle, à beaucoup de ſçavoir, mais
encore ? Que vous a t'elle dit au jourd'hui?
Elle nous a raconté repondit la Preſidente
tout ce qu'un certain ſçavant nommé Deſ-
cartes, à couché par écrit, & elle nous a
raporté par merveilles tout ce qu'il dit du
monde ſubtiliſé & de la matiere canaille.
La Marquiſe Durectangle s'eſt trompée,
dit une Dame qui ſe pique d'eſtre habile
Carteſienne : on a lû Descartes comme
un autre, il ne dit pas un mot de la matiere canaille ny du monde ſubtiliſé; mais
il parle beaucoup de la matiere ſubtile &
de la matiere des oyes. Comment, s'écria
la Comteſſe, Descartes parle de la matiere des oyes; eſt-ce de leur dureté, ou
des plumes de leurs aiſles. Ah ! je me
ſuis mépriſe, repartit la Dame Carteſiene,

D

42

je voulois dire de la matiere des cannes.
Il est vray, dis-je, à mon tour, que Madame cite fort juste; j'ay entendu dire que
Descartes parle en divers endroits de ses
principes, d'une certaine matiere, à qui il
donne le nom de Caneléé du tems de Descartes, reptit la sçavante d'un ton fier,
on disoit matiere Canelée, parce qu'on
parloit impoliment: mais il est bien d'un
meilleur air de dire matiere des Cannes,
je vais donner un exemple de ce que je
dis: Aujourd'huy toutés les bourgeoises
disent des Juppes Pretintaillées, des Escharpes Pretintaillées, tandis que les femmes de qualité disent des Jupes en Pretintailles & des Escharpes en Pretintailles.
La Comtesse & moy tres-diverties de
toutes les bizarres idées de la Dame bel
esprit, la laissame s'aplaudir de la maniere
fine dont elle croyoit s'estre tirée de son
humiliante méprise des oyes & des cannes; & comme cette sçavante Cartesienne
parle beaucoup plus viste & plus haut
que nous, plusieurs des Dames qui étoient
presentes conclurent qu'en effet, il estoit
plus joli de dire matiere des cannes, que
matiere canelée.

Quelques jours après cette conversation, encore en grande Compagnie, on parloit chez la mesme Comtesse de N… du Comte Piper, autrefois Gouverneur du Roi de Suede ; on disoit qu'il ne falloit pas s'étonner qu'il eût si bien réussi dans l'éducation du jeune Heros qu'on avoit confié à ses soins ; parce que ce Comte avoit non-seulement un grand esprit & des lumieres admirables dans la politique, mais qu'encore il avoit un grand amour pour les belles Lettres. Je ne suis pas de son goût, s'écria avec precipitation, la Presidente Provinciale, je n'aime point les Lettres quelques belles qu'elles soient, parce qu'elles sont ordinairement trop longues ; mais je suis folle des jolis billets, je les regarde comme de petites miniatures, dont la courte étenduë, s'accommode par merveille à mon impatience. On se contenta de rire sans éclat de l'idée que la Presidente se formoit sur le terme de belles Lettres : on ne la desabusa point ; & la conversation continuant toujours sur le sujet du Roy de Suede ; la belle Madame de S. dont vous connoissez la naïveté & le caractere peu attentif, fit à son tour une méprise assez plaisante. . . . .

44

J'ai, dit-elle, une veritable admiration
pour le Roy de Suede, & c'est bien dom-
mage qu'un Prince si vertueux n'est pas
Chrestien, & que . . . Quoy, Madame,
interrompit la Comtesse, vous prenés le
Roy de Suede pour un Prince il n'est
pas Chrestien, oui, Madame, répondit froi-
dement Madame de S. . . . & si je croy ne
me pas tromper, car j'entendis encor ces
jours passés dire chés vous au Comman-
deur de R. T. qui est un si sçavant homme,
qu'on devoit estre bien faché pour toutes
sortes de raisons que ce jeune Roy ne fut
pas de nostre Religion. Il est vray, repartit la Comtesse qu'il n'est pas Catholique,
mais il ne laisse pas d'estre Chrestien, &
tres zelé; c'est un Prince qui avec tant
de belles qualités qu'il a receu de la na-
ture, a le malheur d'estre né Lutherien.
Et les Lutheriens, comme vous sçavez,
sont tres attachés au Christianisme, ce
n'est que quelques erreurs qui les separe
de l'Eglise. Madame de S. . . . fut mor-
tifiée de cette méprise, & le petit chagrin
qu'elle en eut la porta à sortir bien-tost
de chés la Comtesse, dont je sortis aussi
peu de temps apres.

Madame de M . . . & moy faisions ce

jour là des visites ensemble. En sortant
de chés la Comtesse de N.. nous allâmes
chés Madame de F.. dont l'agreable esprit & le bon gout vous sont connus. Il
y avoit déja beaucoup de monde chés
cette Dame & il y vint encore plusieurs
personnes depuis que nous y fumes en-
trées, & entr'autres un Marquis fort entesté de son merite, & qui se pique d'a-
voir beaucoup de lumieres & d'habileté à
toutes sortes d'égards ; mais surtout qui
pretend estre un excellent connoisseur
dans les beaux Arts. Dés qu'il fut arrivé
la conversation tomba sur la Peinture, au
sujet d'un Tableau qu'un Maistre fameux
de ce bel Art a fait depuis peu pour un
grand Prince. Ce Tableau fut applaudi
de toute la Compagnie. On loua l'ordon-
nance, le coloris, l'expression, la distri-
bution des jours, & l'on dit encor que
rien n'estoit plus tendre ni plus gracieux
que la maniere dont il estoit peint. Le
Marquis qui ne croit pas qu'il soit du bel
air de rien approuver, & qui au contraire
s'imagine qu'on marque beaucoup de su-
periorité d'esprit à critiquer tout bien ou
mal ; le Marquis, dis-je, m'écoutois avec
une extrême impatience les loüanges qu'on

donnoit à ce sçavant Tableau, & s'écria
qu'on avoit beau l'admirer, qu'il soutien-
droit toûjours que toutes les latitudes en
estoient détestables. Comment dit Madame de F... qu'entendés-vous par vos
latitudes, il est étrange, répondit ce Marquis, qu'on se mesle de parler de Peinture
& que l'on ne sçache pas ce que c'est que
les latitudes, dans un Tableau. Je sçay bien
repartit Madame de F... ce que c'est que
les attitudes des figures en fait de tableaux,
& je croy qu'en termes de Peinture, ce
mot signifie posture, situation : mais pour
des latitudes je n'en ay entendu parler
que dans la carte où j'ay trouvé aussi les
longitudes. Je vous soutiens, moy, repli-
qua-t-il, avec emportement, qu'il faut
dire les latitudes des figures ; mais reprit
la Dame, n'avez-vous pas remarqué que
tous les Peintres & les connoisseurs en
Peintures disent des attitudes, & que dans
le Livre de la vie des Peintres, ce terme là
que les femmes sont obstinées, s'écria le
Marquis, en l'interrompant, ce grand attachement qu'elles ont à leur sens vient
de leur ignorance & de leur imbecilité.
Mais quoy nous autres habiles gens, qui
avons l'esprit fort, nous sommes obligez

de compatir à leur foiblesse ; c'est pourquoy, Madame, ajouta-t-il, d'un air important, vous pouvez soutenir tant qu'il vous plaira qu'on dit en Peinture des attitudes, je ne vous le disputeray point. Personne ne se voulut donner la peine de répondre à cet entesté & brusque Marquis ; & après ces mots il se leva & nous quitta, luy fort satisfait de son triomphe, & nous fort contente de son départ. Dés qu'il fut sorti, les éclats de rire qu'on avoit gesnez en sa presence, se firent entendre en liberté, & recommencerent à diverses fois.

Voila, Madame, plus de faits qu'il n'en faut pour vous faire connoistre que si l'esprit & le sçavoir regnent icy dans bien des cercles, l'ignorance & l'imprudent orgueil n'en sont pas non plus exilez. mais j'espere que si l'on ne parvient pas à les bannir entierement, on donnera du moins des bornes fort estroites à leur tirannie. Le goût qu'on reprend plus que jamais pour les sciences & pour les belles lettres, donne lieu d'esperer ce succez, depuis les bords de la Seine jusqu'à ceux du Tage. Les Dames de France le devront à l'Etoile de Madame la Duchesse de Bour-

gogne, comme celle d'Espagne à l'ascen-
dant de leur Reine. Que le beau sexe
aura d'obligation à ces deux Augustes
Princesses : mais ainsi que je vous rendray
comte du chemin que ce goût de belles
Lettres fera à Paris, je pretends que vous
m'informiés exactement des degrés jus-
ques ou il s'elevera à Madrid. Vous sça-
vés combien ces sortes de nouvelles font
plaisir, Madame à vôtre.

FIN.

*Permis d'Imprimer. Fait ce onziéme
Iuin mil sept cens trois.*

M. R. DE VOYER DARGENSON.